모란이 피기까지는

KB030905

이음문고

목차

1

내 마음의 어딘 듯 한편에 끗업는
강물이 흐르네
도처 오르는 아츰 날빗이 빤질한
은결을 도도네
가슴엔 듯 눈엔 듯 또 핏줄엔 듯
마음이 도른도른 숨어잇는 곳
내 마음의 어딘 듯 한편에 끗업는
강물이 흐르네

2

돌담에 소색이는 햇발가치
풀 아래 우슴 짓는 샘물가치
내 마음 고요히 고흔 봄 길 우에
오날 하로 하날을 우러르고 십다

새악시 볼에 떠오는 붓그럼가치
시의 가슴을 살프시 젓는 물결가치
보드레한 에메랄드 얄게 흐르는
실비단 하날을 바라보고 십다

3

어덕에 바로 누어
아슬한 푸른 하날 뜻 업시 바래다가
나는 이젓습네 눈물 도는 노래를
그 하날 아슬하야 너무도 아슬하야

이 몸이 서러운 줄 어덕이야 아시련만
마음의 가는 우슴 한때라도 업드라냐
아슬한 하날 아래 귀여운 맘 질기운 맘
내 눈은 감기엿대 감기엿대

4

뉘 눈결에 쏘이엿소
왼통 수집어진 저 하날빛
담 안에 복숭아꽃이 붉고
밧게 봄은 벌서 재앙스럽소

꾀꼬리 단두리 단두리로다
뷘 골작도 붓그려워
홀란스런 노래로 흰 구름 피여올리나
그 속에 든 꿈이 더 재앙스럽소

5

「오—매 단풍 들것네」
장광에 골불은 감닙 날러오아
누이는 놀란 듯이 치어다보며
「오—매 단풍 들것네」

추석이 내일모레 기둘니리
바람이 자지어서 걱정이리
누이의 마음아 나를 보아라
「오—매 단풍 들것네」

6

「바람이 부는 대로 차자가오리」
홀린 듯 긔약하신 님이시기로
행여나! 행여나! 귀를 종금이
어리석다 하심은 너무로구려

문풍지 서름에 몸이 저리어
내리는 한박눈 가슴 해여저
헛보람! 헛보람! 몰랏스료만
날다려 어리석단 너무로구려

7

눈물에 실려 가면 산길로 칠십 리
도라보니 찬바람 무덤에 몰리네
서울이 천 리로다 멀기도 하련만
눈물에 실려 가면 한 거름 한 거름

뱃장 우에 부은 발 쉬일가 보다
달빛으로 눈물을 말릴가 보다
고요한 바다 우로 노래가 떠간다
서름도 붓그려워 노래가 노래가

8

쓸쓸한 뫼 아페 후젓이 안즈면
마음은 갈안즌 양금 줄가치
무덤의 잔듸에 얼골을 부비면
넉시는 향 맑은 구슬 손가치
산골로 가노라 산골로 가노라
무덤이 그리워 산골로 가노라

9

구버진 돌담을 도라서 도라서
달이 흐른다 놀이 흐른다
하이얀 그림자
은실을 즈르르 모라서
꿈 밭에 봄마음 가고 가고 또 간다

10

님 두시고 가는 길의 애끈한 마음이여
한숨 쉬면 꺼질 듯한 조매로운 꿈길이여
이 밤은 캄캄한 어느 뉘 시골인가
이슬가치 고힌 눈물을 손끗으로 깨치나니

11

허리띄 매는 시악시 마음실가치
꽃가지에 으는한 그늘이 지면
흰 날의 내 가슴 아즈랑이 낀다
흰 날의 내 가슴 아즈랑이 낀다

12

풀 우에 매져지는 이슬을 본다
눈섭에 아롱지는 눈물을 본다
풀 우엔 정긔가 꿈가치 오르고
가슴은 간곡히 입을 버린다

13

좁은 길가에 무덤이 하나
이슬에 저지우며 밤을 새인다
나는 사라져 저 별이 되오리
뫼 아래 누어서 희미한 별을

14

밤사람 그립고야
말업시 거러가는 밤사람 그립고야
보름 넘은 달 그리매 마음 아이 서어로아
오랜 밤을 나도 혼자 밤사람 그립고야

15

숩 향긔 숨길을 가로막엇소
발끝에 구슬이 깨이여지고
달 따라 들길을 거러다니다
하롯밤 여름을 새워버렷소

16

저녁때 저녁때 외로운 마음
붓잡지 못하야 거러 다님을
누구라 부러주신 바람이기로
눈물을 눈물을 빼아서가오

17

문허진 성터에 바람이 세나니
가을은 쓸쓸한 맛뿐이구려
히끝히끝 산국화 나붓기면서
가을은 애닯다 소색이느뇨

18

산골을 노리터로 커난 시악시
가슴속은 구슬가치 맑으련마는
바라뵈는 먼 곳이 그리움인지
동우 인 채 산길에 섯기도 하네

19

그 색시 서럽다 그 얼골 그 동자가
가을 하날가에 도는 바람 슷긴 구름 조각
핼슥하고 서느라워 어대로 떠갓스랴
그 색시 서럽다 옛날의 옛날의

20

바람에 나붓기는 깔닙
여울에 희롱하는 깔닙
알만 모를 만 숨 쉬고 눈물 매즌
내 청춘의 어느 날 서러운 손짓이여

21

뺼은 가슴을 훤히 벗고

개풀 수집어 고개 숙이네

한낮에 배란 놈이 저 가슴 만졌고나

뺼건 맨발로는 나도 작고 간지럽고나

22

다경히도 부러오는 바람이길내
내 숨결 가부엽게 실어 보냇지
하날갓을 스치고 휘도는 바람
어이면 한숨만 모라다 주오

23

떠날러가는 마음의 포렴한 길을
꿈이런가 눈감고 헤아리려니
가슴에 선뜻 빛갈이 돌아
생각을 끈으며 눈물 고이며

24

그밧게 더 아실 이 안 게실거나
그이의 저진 옷깃 눈물이라고
빛나는 별 아래 애닯은 입김이
이슬로 매치고 매치엿슴을

25

뵈지도 안는 입김의 가는 실마리
새파란 하날 끝에 오름과 가치
대숲의 숨은 마음 기혀 차즈려
삶은 오로지 바늘 끝가치

26

사랑은 기프기 푸른 하날
맹세는 가볍기 흰 구름 쪽
그 구름 사라진다 서럽지는 안으나
그 하날 큰 조화 못 믿지는 안으나

27

미움이란 말 속에 보기 싫은 아픔
미움이란 말 속에 하잔한 뉘침
그러나 그 말삼 씹히고 씹힐 때
한 거풀 넘치여 흐르는 눈물

28

눈물 속 빛나는 보람과 우승 속 어둔 슬픔은
오직 가을 하날에 떠도는 구름
다만 후젓하고 줄 대 업는 마음만 예나 이제나
외론 밤 바람 슷긴 찬별을 보랏습니다

29

밤이면 고총[1] 아래 고개 숙이고
낮이면 하날 보고 우슴 좀 웃고
너룬 들 쓸쓸하야 외론 할미꽃
아모도 몰래 시는 새벽 지친 별

1. 오래된 무덤.

30

뷘 포케트에 손 찌르고 폴·베를레—느 찾는 날
왼몸은 흐렁흐렁 눈물도 찟금 나누나
오! 비가 이리 쭐쭐쭐 나리는 날은
서른 소리 한 천 마대 썻스면 시펴라

31

저 곡조만 마조 호동글 사라지면
목 속의 구슬을 물속에 버리려니
해와 가치 떳다 지는 구름 속 종달은
내일 또 새론 섬 새 구슬 먹음고 오리

32

향내 업다고 버리실나면
내 목숨 꺽지나 마르시오
외로운 들꽃은 들가에 시들어
철업는 그이의 발끝에 조을걸

33

어덕에 누어 바다를 보면
빛나는 잔물결 헤일 수 없지만
눈만 감으면 떠오는 얼골
뵈올 적마다 꼭 한 분이구려

34

푸른 향물 흘러버린 어덕 우에
내 마음 하루사리 나래로다
보실보실 가을 눈이 그 나래를 치며
허공의 소색임을 드르라 한다

35

빠른 철로에 조는 손님아
이 시골 이 뎡거장 행여 이즐나
한가하고 그립고 쓸쓸한 시골 사람의
드나드는 이 뎡거장 행여 이즐나

36

생각하면 붓그러운 일이여라
석가나 예수가치 큰일을 할니라고
내 가슴에 불덩이가 타오르든 때
학생이란 피로 싸인 붓그러운 때

37

왼몸을 감도는 붉은 핏줄이
꼭 감긴 눈 속에 뭉치여 잇네
날낸 소리 한 마듸 날낸 칼 하나
그 핏줄 딱 끈어버릴 수 업나

38

제운 밤 촛불이 찌르르 녹어버린다
못 견듸게 묵어운 어느 별이 떠러지는가

어둑한 골목골목에 수심은 떳다 가란젓다
제운 맘 이 한밤이 모질기도 하온가

히부얀 조히[1] 등불 수집은 거름거리
샘물 졍히 떠 붓는 안쓰러운 마음결

한 해라 기리운 졍을 몯고 싸어 흰 그릇에
그대는 이 밤이라 맑으라 비사이다

1. 종이.

39

내 옛날 온 꿈이 모조리 실리어 간
하날갓 닷는 데 깃븜이 사신가

고요히 사라지는 구름을 바래자
헛되나 마음 가는 그곳뿐이라

눈물을 삼키며 깃븜을 찾노란다
허공은 저리도 한업시 푸르름을

업듸여 눈물로 땅 우에 색이자
하날갓 닷는 데 깃븜이 사신다

40

창랑에 잠방거리는 섬들을 길러
그대는 탈도 업시 태연스럽다

마을을 휩쓸고 목숨 아서간
간밤 풍랑도 가소롭구나

아츰 날빛에 돛 노피 달고
청산아 봐란 듯 떠나가는 배

바람은 차고 물결은 치고
그대는 호령도 하실만하다

41

아파 누어 혼자 비노라
이대로 가진 못하느냐

비는 마음 그래도 거짓 잇나
사잔 욕심 차저도 보나
새삼스레 잇슬 리 업다
힘업고 느릿한 핏줄 하나

오! 그저 이슬가치
예사 고요히 지렴으나
저긔 은행닙은 떠나른다

42

바람 따라 가지 오고 머러지는 물소리
아조 바람가치 쉬는 적도 잇섯스면
흐름도 가득 찰랑 흐르다가
더러는 그림가치 머물럿다 흘러보지
밤도 산골 쓸쓸하이 이 한밤 쉬여가지
어느 뉘 꿈에 든 셈 소리 업든 못할소냐

새벽 잠결에 언듯 들리여
내 무건 머리 선듯 싯기우느니
황금 소반에 구슬이 굴럿다
오 그립고 향미론 소리야
물아 거기 좀 멈췃스라 나는 그윽히
저 창공의 은하만년을 헤아려보노니

43

내 가슴 속에 가늘한 내음
애끈히 떠도는 내음
저녁 해 고요히 지는 제
먼 산허리에 슬리는 보랏빛

오! 그 수심 뜬 보랏빛
내가 일흔 마음의 그림자
한 이틀 정녈에 뚝뚝 떠러진 모란의
깃든 향취가 이 가슴 노코 갓슬 줄이야

얼결에 여흰 봄 흐르는 마음
헛되히 차즈랴 허덕이는 날
뻘 우에 철석 갯물이 노이듯
얼컥니—는 훗근한 내음

아! 훗근한 내음 내키다 마는
서어한 가슴에 그늘이 도나니
수심 뜨고 애끈하고 고요하기
산허리에 슬니는 저녁 보랏빛

44

내 마음을 아실 이
내 혼자 마음 날가치 아실 이
그래도 어데나 게실 것이면

내 마음에 때때로 어리우는 티끌과
속임 업는 눈물의 간곡한 방울방울
푸른 밤 고히 맺는 이슬 가튼 보람을
보밴 듯 감추엇다 내여드리지

아! 그립다
내 혼자 마음 날가치 아실 이
꿈에나 아득히 보이는가

향맑은 옥돌에 불이 달어

사랑은 타기도 하오련만
불빛에 연긴 듯 희미론 마음은
사랑도 모르리 내 혼자 마음은

45

모란이 피기까지는
나는 아즉 나의 봄을 기둘리고 잇슬 테요
모란이 뚝뚝 떠러져 버린 날
나는 비로소 봄을 여휜 서름에 잠길 테요
오월 어느 날 그 하로 무덥든 날
떠러져 누은 꼿닙마져 시드러버리고는
천지에 모란은 자최도 업서지고
뻐쳐오르든 내 보람 서운케 문허졋느니
모란이 지고 말면 그뿐 내 한 해는 다 가고 말아
삼백예순 날 하냥 섭섭해 우옵내다
모란이 피기까지는
나는 아즉 기둘리고 잇슬 테요 찰란한 슬픔의 봄을

46

물 보면 흐르고
별 보면 또렷한
마음이 어이면 늙으뇨

흰 날에 한숨만
끝업시 떠돌든
시절이 가엽고 멀어라

안쓰런 눈물에 안껴
흐튼 넘 싸힌 곳에 빗방울 드듯
늣김은 후즐근히 흘러 흘러 가것만

그 밤을 홀히 안즈면
무심코 야윈 볼도 만저보느니
시들고 못 피인 꽃 어서 떠러지거라

47

그 밤 가득한 산山정기는 기척 업시 소슨 하얀 달빛에 모다 쓸리우고
한낮을 향미로우라 울리든 시냇물 소리마저 멀고 그윽하야
중향[1]의 맑은 돌에 맺은 금이슬 구을러 흐르듯
아담한 꿈 하나 여승의 호젓한 품을 애끈히 사라젓느니

천년 옛날 쫓기여 간 신라의 아들이냐 그 빛은 청초한 수미산 나리꽃
정녕 지름길 섯드른 흰옷 입은 고흔 소년이
홉사 그 바다에서 이 바다로 고요히 떠러지는 별살가치
엷 산모롱이에 언듯 나타나 앞 골 시내로 삽분 사라지심

승은 아까워 못 견듸는 양 희미해지는 꿈만 뒤조찻스나
끝업는지라 돌여 밝는 날의 남모를 귀한 보람을 품엇슬 뿐
톳기라 사슴만 뛰여보여도 반듯이 그려지는 사나이 지낫섯느니

고흔 연[2]의 거동이 잇슴즉한 맑고 트인 날 해는 기우는 제
승의 보람은 이루웟느냐 가엽서라 미목청수한 젊은 선비
앞 시냇물 모히는 새파란 쏘에 몸을 던지시니라

1. 불교의 향적여래가 다스린다는 중향국의 준말, 금강산을 가리킨다.
2. 임금이 거둥할 때 타고 다니던 가마.

48

강선대[1] 돌바늘 끝에
하잔한 인간 하나
그는 벌서
불타오르는 호수에 뛰여내려서
제 몸 살웠드라면 조핫슬 인간

이제 몇 해뇨
그 황홀 맛나도 이 몸 선듯 못 내던지고
그 찰란 보고도 노래는 영영 못 부른 채

저져드는 물결과 싸우다 넘기고
시달린 마음이라 더러 눈물 매젓네

강선대 돌바늘 끝에 벌서
불살웟서야 조핫슬 인간

1. 평안북도 · 자강도 · 평안남도의 경계에 솟은 묘향산의 하비로지구에 있는 기암.

49

사개 틀닌 고풍의 퇴마루에 업는 듯이 안져
아즉 떠오를 긔척도 업는 달을 기둘린다
아모런 생각 업시
아모런 뜻 업시

이제 저 감나무 그림자가
삿분 한 치식 올마오고
이 마루 우에 빛갈의 방석이
보시시 깔니우면

나는 내 하나인 외론 벗
간열푼 내 그림자와
말업시 몸짓 업시 서로 맛대고 잇스려니
이 밤 옴기는 발짓이나 들려오리라

50

마당 앞
맑은 새암을 드려다본다

저 깁흔 땅 밑에
사로잡힌 넉 잇서
언제나 먼 하날만
내여다보고 게심 가터

별이 총총한
맑은 새암을 드려다본다

저 깁흔 땅속에
편히 누은 넉 잇서
이 밤 그 눈 반작이고
그의 것몸 부르심 가터

마당 앞

맑은 새암은 내 령혼의 얼굴

51

황홀한 달빛
바다는 은장
천지는 꿈인 양
이리 고요하다

불르면 내려올 듯
정든 달은
맑고 은은한 노래
울려날 듯

저 은장 우에
떠러진단들
달이야 설마
깨여질나고

떠러져 보라
저 달 어서 떠러저라
그 홀란스럼
아름다운 텬동 지동

후젓한 삼경[1]
산 우에 홀히
꿈꾸는 바다
깨울 수 없다

1. 하룻밤을 오경으로 나눈 셋째 부분. 밤 열한 시에서 새벽 한 시 사이.

52

울어 피를 뱉고 뱉은 피는 도루 삼켜
평생을 원한과 슬픔에 지친 적은 새
너는 너룬 세상에 서름을 피로 색이려 오고
네 눈물은 수천 세월을 끈임업시 흐려노앗다
여기는 먼 남쪽 땅 너 쪼껴 숨음직한 외딴곳
달빛 너무도 황홀하야 후젓한 이 새벽을
송긔한 네 우름 천길 바다 밑 고기를 놀내고
하날가 어린 별들 버르르 떨니겟고나

몇 해라 이 삼경에 빙빙 도–는 눈물을
슷지는 못하고 고힌 그대로 흘니웟느니
서럽고 외롭고 여윈 이 몸은
퍼붓는 네 슬잔에 그만 지늘겻느니
무섬정 드는 이 새벽 가지 울니는 저승의 노래
저긔 성 밑을 도라 나가는 죽엄의 자랑찬 소리여

달빛 오히려 마음 어들 저 흰 등 흐늣겨가신다
오래 시들어 팔히한 마음마조 가고 지워라

비탄의 넉시 붉은 마음만 낮낮 시들피느니
지튼 봄 옥 속 춘향이 아니 죽엿슬나듸야
옛날 왕궁을 나신 나히 어린 임금이
산골에 홀히 우시다 너를 따라가셧드라니
고금도 마조 보이는 남쪽 바닷가 한 만흔 귀향길
천 리 망아지 얼넝 소리 쇈 듯 멈추고
선비 여윈 얼골 푸른 물에 띄웟슬 제
네 한 된 우름 죽엄을 호려 불럿스리라

너 아니 울어도 이 세상 서럽고 쓰린 것을
이른 봄 수풀이 초록빛 드러 물 내음새 그윽하고
가는 대닢에 초생달 매달려 애틋한 밝은 어둠을

너 몹시 안타가워 포실거리며 훗훗 목메엿느니
아니 울고는 하마 죽어 업스리 오! 불행의 넉시여
우지진 진달내 와직 지우는 이 삼경의 네 우름
희미한 줄 산이 살풋 물러서고
조고만 시골이 홍청 깨여진다

53

호르 호르르 호르르르 가을 아참
취여진 청명을 마시며 거닐면
수풀이 호르르 버레가 호르르르
청명은 내 머리속 가슴속을 저져 들어
발끝 손끝으로 새여 나가나니

온 살결 터럭 끗은 모다 눈이요 입이라
나는 수풀의 정을 알 수 잇고
버레의 예지를 알 수 잇다
그리하야 나도 이 아참 청명의
가장 고웁지 못한 노래꾼이 된다

수풀과 버레는 자고 깨인 어린애
밤새여 빨고도 이슬은 남엇다
남엇거든 나를 주라

나는 이 청명에도 주리나니
방에 문을 달고 벽을 향해 숨쉬지 안엇느뇨

햇발이 처음 쏘다오아
청명은 갑작히 으리으리한 관을 쓴다
그때에 토록 하고 동백 한 알은 빠지나니
오! 그 빛남 그 고요함
간밤에 하날을 쫏긴 별쌀의 흐름이 저러했다

왼 소리의 앞소리오
왼 빛갈의 비롯이라
이 청명에 포근 취여진 내 마음
감각의 낯닉은 고향을 차젓노라
평생 못 떠날 내 집을 드럿노라

거문고

검은 벽에 기대선 채로
해가 수무 번 박귀였는듸
내 기린은 영영 울지를 못한다

그 가슴을 퉁 흔들고 간 노인의 손
지금 어느 끝없는 향연에 높이 앉었으려니
땅 우의 외론 기린이야 하마 이저졌을나

박같은 거친 들 이리 떼만 몰려다니고
사람인 양 꾸민 잣나비 떼를 쏘다 다니여
내 기린은 맘 둘 곳 몸 둘 곳 없어지다

문 아조 굳이 닫고 벽에 기대선 채
해가 또 한 번 박귀거늘
이 밤도 내 기린은 맘 놓고 울들 못한다

가야금

북으로

북으로

울고 간다 기러기

남방의

대숲 밑

뉘 휘여 날켰느뇨

앞서고 뒤섰다

어지럴 리 없으나

가냘픈 실오라기

네 목숨이 조매로아[1]

1. 조마로워. '조마롭다'는 매우 조마조마하거나 조마조마한 데가 있다는 뜻.

달마지

빛갈 환—히
동창에 떠오름을 기두리신가
아흐레 어린 달이
부름도 없이 홀로 났소
월출동령!
팔도 사람 마지하오
기척 없이 따르는 마음
그대나 고히 싸안어 주오

오월

들길은 마을에 들자 붉어지고
마을 골목은 들로 내려서자 푸르러졌다
바람은 넘실 천 이랑 만 이랑
이랑 이랑 햇빛이 갈라지고
보리도 허리통이 부끄럽게 드러났다
꾀꼬리는 엽태 혼자 날아 볼 줄 모르나니

암컷이라 쫓길 뿐
수놈이라 쫓을 뿐
황금빛 난 길이 어지럴 뿐
얇은 단장하고 아양 가득 차 있는
산봉우리야 오늘 밤 너 어디로 가버리련?

연 1

내 어린 날!
아슬한 하날에 뜬 연같이
바람에 깜박이는 연실같이
내 어린 날! 아슨풀하다

하늘은 파—랗고 끝없고
평평한 연실은 조매롭고
오! 흰 연 그새에 높이
아실아실 떠놀다 내 어린 날!

바람 이러 끊어 갔더면
엄마 압바 날 어찌 찾어
히끗히끗한 실낫 믿고
어린 압바 피리를 불다

오! 내 어린 날 하얀 옷 입고
외로히 자랐다 하얀 넋 담고
조마조마 길가에 붉은 발자옥
자옥마다 눈물이 고이였었다

독을 차고

내 가슴에 독을 찬 지 오래로다
아직 아무도 해한 일 없는 새로 뽑은 독
벗은 그 무서운 독 그만 흩어버리라 한다
나는 그 독이 선뜻 벗도 해할지 모른다 위협하고

독 안 차고 살어도 머지않아 너 나 마주 가버리면
억만 세대가 그 뒤로 잠자코 흘러가고
나중에 땅덩이 모지라져 모래알이 될 것임을
「허무한듸!」 독은 차서 무엇하느냐고?

아! 내 세상에 태어났음을 원망 않고 보낸
어느 하루가 있었던가 「허무한듸!」 허나
앞뒤로 덤비는 이리 승냥이 바야흐로 내 마음을 노
리매

내 산 채 짐승의 밥이 되어 찢기우고 할퀴우라 내맡긴 신세임을

나는 독을 차고 선선히 가리라
막음 날[1] 내 외로운 혼 건지기 위하여

1. 마지막 날.

한 줌 흙

본시 평탄했을 마음 아니로다
구지 톱질하여 산산 찌저노았다

풍경이 눈을 홀리지 못하고
사랑이 생각을 흐리지 못한다

지처 원망도 안코 산다

대채 내 노래는 어듸로 갔느냐
가장 거륵한 것 이 눈물만

아쉰 마음 끝네 못 빼았고
주린 마음 끄득 못 배불리고

어차피 몸도 피로워졌다
밧비 관에 못을 다저라

아모려나 한 줌 흙이 되는구나

강물

잠자리 서뤄서 일어났소
꿈이 고웁지 못해 눈을 떳소

벼개에 차단히 눈물은 젖었는듸
흐르다 못해 한 방울 애끈히 고이었소

꿈에 본 강물이 몹시 보고 싶었소
무럭무럭 김 오르며 내리는 강물

언덕을 혼자서 지니노라니
물오리 갈매기도 끼륵끼륵

강물은 철철 흘러가면서
아심찬이 그 꿈도 떠실고 갔소

꿈이 아닌 생시 가진 서름도
작고 강물은 떠실고 갔소

한길에 누어

팔다리 쭉 뻗고 한길에 펑 드러눕다
총총 백인 별이 방울지듯 치렁치렁
찬란만 저러 유구했다

사람아 웨 나를 귀찮케 흔들기냐
기껏해야 용수 같은 내 토굴 차저들라고

한창 새벽 해와 길 이쓸 곳 없다
찬란만 저리 유구코나
내 기원도 세기를 넘어설가

세월이 감격을 좀먹길내
밤마다 주령을 졸나댓다

그래 사람들아 그러케들 얌전키냐
하나도 서럽잔코 두 번 원통치도 않어
어린 자식 안처노코 똑바룬 말 못 할 테냐

그때 열두 담상 못 넘어뛰고 만
그 선비는 차라리 목마른 채 사약을 받었니라고

묘비명

생전에 이다지 외로운 사람
어이해 뫼 아레 비돌 세우오
초조론 길손의 한숨이라도
헤여진 고총에 자조 떠오리
날마라 외롭다 가고 말 사람
그래도 뫼 아레 비돌 세우리
「외롭건 내 곁에 쉬시다 가라」
한 되는 한 마듸 삭이실[1]난가

1. '새기다'의 제주 방언.

호젓한 노래

그대 내 홋진 노래를 드르실까
꽃은 까득 픠고 벌 떼 닝닝거리고

그대 내 그늘 업는 소리를 드르실까
안개 자욱히 푸른 골을 다 덥헛네

그대 내 홍 안 니는 노래를 드르실까
봄 물결은 웨 이는지 출렁거리네

내 소리는 꿰벗어 봄철이 실타리
호젓한 소리 가다가는 씁쓸한 소리

어슨 달밤 빨안 동백꽃 쥐어 따서
마음씨 양 꽁꽁 쭈무러버리네

우감[1]

우렁찬 소리 한 마디 안 그리운가
내 비위에 꼭 맞는 그 한마디!
입에 돌고 귀에 아즉 우는구나

사십 갓 찬 나이 내 일찍 나서 좋다
창자가 짤리는 설움도 맛봐서 좋다
간 쓸개가 가까스로 남았거늘

아버지도 싫다 너무 이른 때 나셨다
아들도 싫다 너무 지나서 나왔다
내 나이 알맞다 가장 서럽게 자랐다

행복을 찾노라 모두들 환장한다
제 혼자 때문만 아니라는구나

주제 넘게 남의 행복까지!
갖다 부처님께 바쳐라 앓는 마누라나 달래라

봄 되면 우렁찬 소리 여기저기 나는 듯해 자지러지다가도
거저 되살아날 듯싶다만 내 보금자리는 하냥 서런 행복이 가득 차 있다

1. 문득 떠오르는 생각.

춘향

큰칼 쓰고 옥에 든 춘향이는
제 마음이 그리도 독했던가 놀래었다
성문이 부서져도 이 악물고
사또를 노려보던 교만한 눈
그는 옛날 성학사 박팽년이
불 지짐에도 태연하였음을 알았었니라
오! 일편단심

원통코 독한 마음 잠과 꿈을 이뤘으랴
옥방 첫날 밤은 길고도 무서워라
설움이 사모치고 지쳐 쓰러지면
남강의 외론 혼은 불리어 나왔느니
논개! 어린 춘향을 꼭 안아
밤 새워 마음과 살을 어루만지다

오! 일편단심

사랑이 무엇이기
정절이 무엇이기
그 때문에 꽃의 춘향 그만 옥사하단 말가
지네 구렁이 같은 변학도의
흉칙한 얼굴에 까무러쳐도
어린 가슴 달큼히 지켜주는 도련님 생각
오! 일편단심

상하고 멍든 자리 마디마디 문지르며
눈물은 타고 남은 간을 젖어 내렸다
버들잎이 창살에 선뜻 스치는 날도
도련님 말방울 소리는 아니 들렸다

삼경을 세오다가 그는 고만 단장[1]하다
두견이 울어 두견이 울어 남원 고을도 깨어지고
오! 일편단심

깊은 겨울밤 비바람은 우루루루
피칠해논 옥 창살을 들이치는데
옥 죽음 한 원귀들이 구석구석에 휙휙 울어
청절 춘향도 혼을 잃고 몸을 버려버렸다
밤새도록 까무러치고
해 돋을 녘 깨어나다
오! 일편단심

믿고 바라고 눈 아프게 보고 싶던 도련님이
죽기 전에 와주셨다 춘향은 살았구나

1. 창자가 끊어진다는 뜻으로, 마음이 몹시 슬프다는 뜻.

쑥대머리 귀신 얼굴 된 춘향이 보고
이 도령은 잔인스레 웃었다 저 때문의 정절이 자랑스러워
「우리 집이 팍 망해서 상거지가 되었지야」
틀림없는 도련님 춘향은 원망도 안 했니라
오! 일편단심

모진 춘향이 그 밤 새벽에 또 까무러쳐서는
영 다시 깨어나진 못했었다 두견은 울었건만
도련님 다시 뵈어 한을 풀었으나 살아날 가망은 아주 끊기고
온몸 푸른 맥도 홱 풀려버렸을 법
출도 끝에 어사는 춘향의 몸을 거두며 울다
「내 변가보다 잔인 무지하여 춘향을 죽였구나」
오! 일편단심

집

내 집 아니라
늬 집이라
나르다 얼는 도라오라
처마 난간이
늬들 가여운 소색임을 지음[1]터라

내 집 아니라
늬 집이라
아배 간 뒤 머난 날
아들 손자 잠도 깨우리
문틈 사이 늬는 몇 대채 서뤄 우느뇨

내 집 아니라
늬 집이라

1. 새나 짐승의 울음을 가려 잘 알아들음.

은행닢이 나른갑드니
좁은 마루 구석에 품인 듯 안겨들다
태고로 맑은 바람이 거기 사럿니라

오! 내 집이라
열 해요 스무 해를
안젓다 누엇달 뿐
문밖에 밧분 손이
길 잘못 드러 날 차저오고

손때 살내음도 저뤗슬 난간이
흔히 나를 않고 먼 산 판다
한두 쪽 흰 구름도 사러지는듸
한두엇 저즈론 넷일이
파아란 하날만히 아슬하다

북

자네 소리하게 내 북을 잡지

진양조 중머리 중중머리
엇머리 자진머리 휘몰아보아

이렇게 숨결이 꼭 마저사만 이룬 일이란
인생에 흔치 않어 어려운 일 시원한 일

소리를 떠나서야 북은 오직 가죽일 뿐
헛 때리면 만갑이도 숨을 고쳐 쉴밖에

장단을 친다는 말이 모자라오
연창[1]을 살리는 반주 쯤은 지나고
북은 오히려 컨닥타요

떠받는 명고[2]인데 잔가락을 온통 잊으오
떡 궁! 동중정이오 소란 속에 고요 있어
인생이 가을같이 익어가오

자네 소리하게 내 북을 치지

1. 공연하다. 노래를 부르다.
2. 북 연주자.

바다로 가자

바다로 가자 큰 바다로 가자
우리 인제 큰 하늘과 넓은 바다를 마음대로 가졌노라
하늘이 바다요 바다가 하늘이라
바다 하늘 모두 다 가졌노라
옳다 그리하여 가슴이 뻐근치야
우리 모두 다 가자구나 큰 바다로 가자구나

우리는 바다 없이 살었지야 숨 막히고 살았지야
그리하여 쪼여 들고 울고불고 하였지야
바다 없는 항구 속에 사로잡힌 몸은
살이 터져나고 뼈 퉁겨나고 넋이 흩어지고
하마터면 아주 거꾸러져 버릴 것을
오! 바다가 터지도다 큰 바다가 터지도다

쪽배 타면 제주야 가고 오고
독목선[1] 왜섬이사 갔다 왔지
허나 그게 바달러냐
건너 뛰는 실개천이라
우리 삼 년 걸려도 큰 배를 짓잤구나
큰 바다 넓은 하늘을 우리는 가졌노라

우리 큰 배 타고 떠나가자구나
창랑을 헤치고 태풍을 걷어차고
하늘과 맞닿은 저 수평선 뚫으리라
큰 호통 하고 떠나가자구나
바다 없는 항구에 사로잡힌 마음들아
툭 털고 일어서자 바다가 네 집이라

1. 통나무를 파서 만든 작은 배.

우리들 사슬 벗은 넋이로다 풀어놓인 겨레로다
가슴엔 잔뜩 별을 안으렴아
손에 잡히는 엄마 별 아기 별
머리 위엔 그득 보배를 이고 오렴
발 아래 좍 깔린 산호요 진주라
바다로 가자 우리 큰 바다로 가자

놓인 마음

가을날 땅검이 아름풋한 흐름 우를
고요히 실리우다 훤듯 스러지는 것
잇으봄 보랏빛의 낡은 내음이뇨
임으 사라진 천 리 밖의 산울림
오랜 세월 싀닷긴 으스름한 파스텔

애닯은 듯한
좀 서러운 듯한

오…… 모도다 못 돌아오는
먼— 지난날의 놓인 마음

연 2

좀평나무 높은 가지 끝에 얼킨 다 해진 흰 실낫을
남은 몰나도
보름 전에 산을 넘어 멀리 가 버린 내 연의 한 알 남
긴 서름의 첫 씨
태어난 뒤 처음 높히 띄운 보람 맛본 보람
않 끈어젓드면 그렇 수 없지
찬바람 쐬며 콧물 흘리며 그 겨울내 그 실낫 치어다
보러 다녔으리
내 인생이란 그때버텀 벌서 시든 상 싶어
철든 어른을 뽑내다가도 그 흰 실낫같은 병의 실마리
마음 어느 한구석에 도사리고 있어 얼신거리면
아이고! 모르지
불다 자는 바람
타다 꺼진 불똥
아! 인생도 겨래도 다 멀어지든구나

절망

옥천 긴 언덕에 쓰러진 죽엄 때죽엄
생혈은 쏫고 흘러 십 리 강물이 붉었나이다
싸늘한 가을바람 사흘 불어 피강물은 얼었나이다
이 무슨 악착한 죽엄이오니까
이 무슨 전세에 업든 참변이오니까
조국을 지켜주리라 믿은 우리 군병의 창끝에
태극기는 갈갈히 찢기고 불타고 있읍니다
별 같은 청춘의 그 총총한 눈물은
악의 독주에 가득 취한 군병의 칼끝에
모조리 도려 빼이고 불타 죽었나이다
이 무슨 재변이오니까
우리의 피는 그리도 불순한 배 있었나이까
무슨 정치의 이름 아래
무슨 뼈에 사모친 원수였기에

홋한 겨레의 아들딸이였을 뿐인듸
이렇게 유황불에 타 죽고 마렀나이까
근원이 무에던지 캘 바이 아닙니다
죽어도 죽어도 이렇게 죽는 수도 있나이까
산 채로 살을 깍기여 죽었나이다
산 채로 눈을 뽑혀 죽었나이다
칼로가 아니라 탄환으로 쏘아서 사지를 갈갈히 끈어 불태웠나이다
홋한 겨레이 피에도 이렇안 불순한 피가 석겨 있음을 이제 참으로 알었나이다
아! 내 불순한 핏줄 주저[1]바들 핏줄
산고랑이나 개천가에 버려둔 채 깜앗케 연독[2]한 죽엄의 하나하나

1. 저주.
2. 납에 있는 독.

탄환이 쉰 방 일흔 방 여든 방 구멍이 뚫고 나갔읍니다
아우가 형을 죽였는대 이렇소이다
조카가 아재를 죽였는대 이렇소이다
무슨 뼈에 사모친 원수였기에
무슨 정치의 탈을 썼기에
이래도 이 민족에 희망을 붗처볼 수 있사오리까
생각은 끈기고 눈물만 흐릅니다

겨레의 새해

해는 저물 적마다 그가 저지른 모든 일을 잊음의 큰
바다로 흘려보내지만
우리는 새해를 오직 보람으로 다시 맞이한다
멀리 사천이백팔십일 년
흰 뫼에 흰 눈이 쌓인 그대로
겨레는 한결같이 늘고 커지도다
일어나고 없어지고 온갖 살림은
구태여 캐내어 따질 것 없이
긴긴 반만년 통틀어 오롯했다

사십 년 치욕은 한바탕 험한 꿈
사 년 쓰린 생각 아즉도 눈물이 돼
이 아침 이 가슴 정말 뻐근하거니
나라가 처음 만방평화의 큰 기둥 되고

백성이 인류 위해 큰일을 맡음이라
긴 반만년 합쳐서 한 해로다
새해 처음 맞는 겨레의 새해
미진한 대업 이루리라 거칠 것 없이 닫는 새해
이 첫날 겨레는 손 맞잡고 노래한다

망각

걷던 걸음 멈추고 서서도 얼컥 생각키는 것 죽음이로다
그 죽음이사 서른 살 적에 벌써 다 잊어버리고 살아왔는디
웬 노릇인지 요즘 자꾸 그 죽음 바로 닥쳐온 듯만 싶어져
항용 주춤 서서 행길을 호기로이 달리는 행상을 보랐고 있느니

내 가버린 뒤도 세월이야 그대로 흐르고 흘러가면 그뿐이오라
나를 안아 기르던 산천도 만년 하냥 그 모습 아름다워라
영영 가버린 날과 이 세상 아무 가겔 것 없으메

다시 찾고 부를 인들 있으랴 억만 영겁[1]이 아득할 뿐

산천이 아름다워도 노래가 고왔더라도 사랑과 예술이 쓰고 달금하여도
그저 허무한 노릇이어라 모든 산다는 것 다 허무하오라
짧은 그 동안이 행복했던들 참다웠던들 무어 얼마나 다를라더냐
다 마찬가지 아니 남만 나을러냐? 다 허무하오라

그날 빛나던 두 눈 딱 감기어 명상한대도 눈물은 흐르고 허덕이다 숨 다 지면 가는 거지야
더구나 총칼 사이 헤매다 죽는 태어난 비운의 겨레이어든

1. 영원한 세월.

죽음이 무서웁다 새삼스레 뉘 비겁할소냐 마는 비겁할소냐 마는
죽는다— 고만이라— 이 허망한 생각 내 마음을 왜 꼭 붙잡고 놓질 않느냐

망각하자— 해 본다 지난날을 아니라 닥쳐오는 내 죽음을
아! 죽음도 망각할 수 있는 것이라면
허나 어디 죽음이사 망각해질 수 있는 것이냐
길고 먼 세기는 그 죽음 다 망각하였지만

발짓

건아한 낮의 소란 소리 풍겼는듸 금시 퇴락하는 양
묵은 벽지의 내음 그윽하고
저쯤 에사 걸려 있을 희멀끔한 달
한 자락 펴진 구름도 못 말어 놓은 바람이어니
묵근히 옮겨 딛는 밤의 검은 발짓만 고되인 넋을 짓
밟누나
아! 몇 날을 더 몇 날을
뛰어 본다리 날아 본다리
허잔한 풍경을 안고 고요히 선다

행군

북으로 북으로
울고 간다 기러기

남방 대숲 밑을
뉘 후여 날켰느뇨

낄르르 낄르
차운 어슨 달밤

언 하늘 스미지 못해
처량한 행군

낄르! 간열프게 멀다
하늘은 목매인 소리도 낸다

5월 아침

비 개인 5월 아침
혼란스런 꾀꼬리 소리
찬엄한 햇살 퍼져 오릅내다

이슬비 새벽을 적시 울 즈음
두견의 가슴 찢는 소리 피어린 흐느낌
한 그릇 옛날 향훈이 어찌
이 맘 홍근 안 젖었으리오마는
이 아침 새 빛에 하늘대는 어린 속잎들
저리 부드러웁고
발목은 포실거리어
접힌 마음 구긴 생각 이제 다 어루만져졌나보오

꾀꼬리는 다시 창공을 흔드오

자랑찬 새 하늘을 사치스레 만드오
사향 냄새도 잊어버렸대서야
불혹이 자랑이 아니 되오
아침 꾀꼬리에 안 불리는 혼이야
새벽 두견이 못 잡는 마음이야
한낮이 정밀[1]하단들 또 무얼 하오

저 꾀꼬리 무던히 소년인가 보오
새벽 두견이야 오—랜 중년이고
내사 불혹을 자랑턴 사람

1. 고요하고 편안함.

수풀 아래 작은 샘

수풀 아래 작은 샘
언제나 흰 구름 떠가는 높은 하늘만 내어다보는
수풀 속의 맑은 샘
넓은 하늘의 수만 별을 그대로 총총 가슴에 박은
작은 샘
두레박이 쏘다져 동이 갓을 깨지는 찰란한 떼 별의
흩는 소리
얽혀져 잠긴 구슬 손결이
웬 별나라 휘 흔들어 버리어도 맑은 샘
해도 저물녘 그대 종종걸음 훤듯 다녀갈 뿐 샘은 외
로워도
그 밤 또 그대 날과 샘과 셋이 도른도른
무슨 그리 향그런 이야기 날을 새웠나
샘은 애끈한 젊은 꿈 이제도 그저 지녔으리
이 밤 내 혼자 내려가 볼꺼나 내려가 볼꺼나

언 땅 한길

언 땅 한길 파도 파도
광이는 아프게 맞치더라
언—대로 묻어두기 불쌍하기사
봄 되어 녹으면 울며 보채리

두자 세치를 눈이 덥여도
뿌리는 얼신 못 건드려
대 죽고 난 이 삼월 파르스름히
풀잎은 깔리네 깔리네

지반[1] 추억

깊은 겨울 해빛이 다사한 날
큰 못가의 하마 잊었든 두던 길을 삿분 거니러 다가
무심코 주저앉다
구을다 남어 한곳에 쏘복히 쌓인 낙엽 그 위에 주
저앉다
살르 빠시식 어찌면 내가 이리 짖구진고
내 몸푸를 내가 느끼거늘 아무렇지도 않은 듯 앉어
지다?
못물은 치위에도 달른다 얼지도 않는 날세 낙엽이
수없이 묻힌 검은 뻘
흙이랑 더러 드러나는 물 부피도 많이 줄었다
흐르질 않드라도 가는 물결이 금 지거늘
이 못물 웨 이럴고 이게 바로 그 죽엄을 물일가
그져 고요하다 뻘 흙 속엔 지렁이 하나도 굼틀거리지
않어? 뽀글하지도

안어 그져 고요하다 그 물 위에 떠러지는 마른 잎 하
나도 없어?
해볓이 다사롭기야 나는 서어하나마 인생을 느끼는듸
연아문해? 그때는 봄날이러라 바로 이 못가이러라
그이와 단두리 흰 모시 진설 두르고 푸르론 있기도
행여 밟을세라 돌 위에
앉고 부프른 봄 물결 위의 떠노는 백조를 히롱하여
아즉 청춘을 서로 조아하였었거니
아! 나는 이지음 서어하나마 인생을 늣기는듸

1. 연못의 변두리.

천리를 올라온다

천리를 올라온다
또 천리를 올라들 온다
나귀 얼렁소리 닿는 말굽소리
청운의 큰 뜻은 모여들다 모여들다

남산 북악 갈래갈래 뻗은 골짜기
엷은 안개 그 밑에 묵은 이끼와 푸른 송백
낭랑히 울려나는 청의동자의 글 외는 소리
나라가 덩그러니 이룩해지다

인경종이 울어 팔문이 굳이 닫히어도
난신[1]외구더러 성을 넘고 불을 놓다
퇴락한 금석전각 이젠 차라리 겨레의 향그런 재화[2]로다

1. 나라를 어지럽히는 신하.
2. 빛나는 재주. 또는 뛰어난 재능.

찬란한 파고다여, 우리 그대 앞에 진정 고개 숙인다
철마[3]가 터지던 날 노들 무쇠다리
신기한 먼 나라를 사뿐 옮겨다 놓았다
서울! 이 나라의 화사한 아침 저자러라
겨레의 새 봄바람에 어리둥절 실행[4]한 숫처년들 없었
을 거냐

남산에 올라 북한관악을 두루 바라다보아도
정녕코 산정기로 태어난 우리들이라
우뚝 솟은 뫼부리마다 고물고물 골짜기마다
내 모습 내 마음 두견이 울고 두견이 피고

높은 재 얕은 골 흔들리는 실마리 길

3. 쇠로 만든 말이라는 뜻으로, 기차를 비유적으로 이르는 말.
4. 도의에 어그러진 좋지 못한 행동을 함. 또는 그런 행실.

그윽하고 너그럽고 잔잔하고 산뜻하지
백마 호통소리 나는 날이면
황금 꾀꼬리 희비교향을 아뢰리라

어느 날 어느 때고

어느 날 어느 때고
잘 가기 위하여
평안히 가기 위하여
몸이 비록
아프고 지칠지라도
마음 평안히
가기 위하여
일만 정성
모두어보리
멋없이 봄은 살같이 떠나고
중년은 하 외로워도
이 허무에선 떠나야 될 것을
살이 삭삭
여미고 썰릴지라도

마음 평안히

가기 위하여

아! 이것

평생을 닦는 좁은 길

오월한

모란이 피는 오월 달
월계도 피는 오월 달
온갖 재앙이 다 벌어졌어도
내 품에 남는 다순 김 있어
마음실 튀기는 오월이러라
무슨 대견한 옛날었으랴
그래서 못 잊는 오월이랴
청산을 거닐면 하루 한 치씩
뻗어 오르는 풀숲 사이를
보람만 달리던 오월이러라
아무리 두견이 애닯아해도
황금 꾀꼬리 아양을 펴도
싫고 좋고 그렇기보다는
풍기는 내음에 진을 겪건만

어느새 다 해—진 오월이러라

김영랑

1903~1950

본명은 김윤식이며 강진의 부유한 지주 가정에서 태어나 한학을 배우며 자랐다. 1915년 강진보통학교를 졸업한 뒤 결혼하였으나 1년 반 만에 사별하고, 이후 휘문의숙에 입학하면서 정지용, 이태준 등을 만나 문학에 관심을 갖게 되었다. 1919년 3.1운동 당시 고향에서 의거하기 위해 구두 속에 선언문을 감추고 강진으로 내려갔다가 일본 경찰에 체포되어 6개월간 대구 형무소에서 복역하였다. 1920년 일본으로 건너가 아오야마 학원에서 영문학을 공부했으나 1923년 관동대지진이 일어나 고향으로 돌아오게 되었다. 1930년 아호였던 영랑이라는 이름으로 『시문학』에 시를 발표

하면서 본격적으로 등단한 그는 관념과 이데올로기에 물들어 있던 당대 문단에서 섬세하게 조탁한 언어로 순수서정시의 새로운 경지를 개척했다. 1935년 첫 번째 시집인 『영랑시집』을 간행한 후 잠시 공백기를 갖는다. 그 시간 동안 그의 시 세계는 변화해 순수문학 대신 사회성이 깃든 시를 짓기 시작했다. 광복 후 민족운동 참가, 민의원 선거 출마, 공보처 출판국장 재직 등 활발한 사회적 활동을 보였으며 이 시기에 발표된 시 역시 적극적인 사회 참여 의욕을 드러낸다. 한국 전쟁 때 서울에서 은신하다가 9.28 수복을 하루 앞두고 포탄의 파편에 맞아 유명을 달리하였다.

모란이 피기까지는

김영랑의 첫 시집인 『영랑시집』은 1935년 시문학사에서 간행되었다. 1930년부터 1935년 11월까지 쓰였던 시 53편이 실려 있으며 이 중 18편은 별도로 발표되지 않고 바로 시집에 실린 것이다. 섬세한 언어와 언어 자체의 음성적 자질을 이용한 리듬감으로 맑고 깨끗한 서정성을 표현한 시들이 실려 있다. 1949년 중앙문화협회에서 간행한 『영랑시선』은 시인이 그때까지 발표한 시 80여 편 중에서 총 60편의 시를 직접 선별하여 실은 시집이다. 시형 또는 내재율의 유형별로 시를 나누어 총 3부로 구성되었으며 1940년 전후로 변화한 김영랑의 후기 시 세계를 느낄 수 있다.

이 책에서는 『영랑시집』과 『영랑시선』에 실린 시들을 함께 만날 수 있다. 『영랑시집』에 실린 시들은 초판본을 따라 일련번호로 제목을 붙였고 그 외의 시들은 『영랑시선』의 제목을 따랐다.

*

소 판
디자인이음
유 권

모란이 피기까지는

2017년 6월 15일 1판 1쇄 발행
2022년 4월 20일 1판 2쇄 발행
지 은 이 김영랑
발 행 인 이상영
편 집 장 서상민
편 집 인 한성옥, 이경은, 채지선
디 자 인 이혜원
마 케 팅 박진솔
펴 낸 곳 디자인이음
등 록 일 2009년 2월 4일:제300-2009-10호
주 소 서울시 종로구 효자동 62
전 화 02-723-2556
메 일 designeum@naver.com
blog.naver.com/designeum
instagram.com/design_eum

*잘못된 책은 바꾸어 드립니다.